中國書店藏版古籍叢刊

活法機要

元·朱震亨 撰　明·王肯堂 輯

中國書店

活法機要目錄

泄瀉門

厲風證

破傷風證

頭風證

活法機要

江陰朱氏校刊本

元　丹溪朱震亨著

泄痢證

臟腑泄痢其證多種大抵從風濕熱也是知寒少熱多故曰暴泄非陰久泄非陽溲而便膿血知氣行而血止也宜大黃湯下之是爲重劑黃芩芍藥是爲輕劑治法宜補宜泄宜止宜和和則芍藥湯止則訶子湯有暴下無聲身冷自汗小便清利大便不禁氣難喘息脈微嘔吐急以重藥溫之漿水散是也後重則宜

下腹痛則宜和身重者除濕脈弦者去風膿血稠粘以重藥竭之身冷自汗以毒藥溫之風邪內縮宜汗之鶩溏爲痢當溫之在表者發之在裏者下之在上者湧之在下者竭之身表熱者內疎之小便濇者分利之盛者和之去者送之過者止之除濕則白朮茯苓安脾則芍藥桂破血則黃連當歸宣通其氣則檳榔木香如泄痢而嘔上焦則生薑橘皮中焦則芍藥當歸桂茯苓下焦則治以輕熱甚以重熱藥若四肢懶倦小便少或不利大便走沉困飲食減宜調胃去

濕白朮茯苓芍藥三味水煎服如發熱惡寒腹不痛加黄芩爲主如未見膿而惡寒乃太陰欲傳少陰也加黄連爲主桂枝佐之如腹痛甚者加當歸倍芍藥如見血加黄連爲主桂當歸佐之如煩燥或先便白膿後血或發熱或惡寒非黄連不能止上部血也如惡寒脉沉或白腰痛或血臍下痛非黄芩不能止此中部血也如惡寒脉沉先血後便非地榆不能止下部血也唯脉浮大者不可下

黄芩芍藥湯 方在寶鑑泄痢條下

大黄湯 治泄痢久不愈膿血稠粘裏急後重日夜無度久不愈者

大黄 一兩

右剉細好酒二大盞同浸半日許煎至一盞半去大黄不用將酒分二服頓服之如未止再服以利爲度復服芍藥湯和之痢止再服黄芩芍藥湯和之以徹其毒也

芍藥湯 方在寶鑑內痢疾條下

白朮黄耆湯服前藥痢疾雖除更宜此和之

白朮一兩 黃耆七錢 甘草三錢 一方無黃耆用黃芩半兩

右㕮咀均作三服水煎服清

防風芍藥湯 治泄痢飧泄身熱脈弦腹痛而渴及頭痛微汗

防風 芍藥 黃芩各一兩

右㕮咀每服半兩或一兩水煎

白朮芍藥湯 治太陰脾經受濕水泄注下體重微滿困弱無力不欲飲食暴洩無數水穀不化宜此和之

白朮 芍藥各一兩 甘草半兩

右剉每服一兩水煎

蒼朮芍藥湯 治痢疾痛甚者

蒼朮二兩 芍藥一兩 黃芩 肉桂各半兩

右剉每服一兩水煎

訶子散 如腹痛漸已泄下微少宜止之

訶子皮一兩生熟各半 木香半兩 黃連

炙甘草各三錢

右為細末每服二錢以白朮芍藥湯調下如止之不

已宜歸而送之也　訶子散內加厚樸一兩竭其邪
氣也

漿水散　治暴泄如水周身汗出身上盡冷脈微而弱
氣少不能語甚者加吐此謂急病

半夏二兩湯洗　附子炮　乾生薑　炙甘草
肉桂各半兩　良薑二錢半

右為細末每服三五錢漿水二盞煎至半和滓熱服

黃連湯　治大便後下血腹中不痛者謂之濕毒下血

黃連　當歸各半兩　炙甘草二錢半

右㕮咀每服五錢水煎

芍藥黃連湯　治大便後下血腹中痛者謂之熱毒下
血

芍藥　黃連　當歸各半兩　大黃一錢
淡味桂五分　炙甘草二錢

右㕮咀每服五錢水煎如痛甚者調木香檳榔末一
錢服之

導氣湯　治下痢膿血裏急後重日夜無度

芍藥一兩　當歸半兩　大黃二錢半　黃連一錢

黃芩二錢半　木香　檳榔各一錢

右為末每服半兩水煎

加減平胃散方在寶鑑內泄痢條下

地榆芍藥湯　治泄痢膿血乃至脫肛

蒼朮八兩　地榆二兩　卷柏三兩　芍藥三兩

右㕮咀每服一兩水煎病退止

五泄之病胃小腸大瘕三證皆以清涼飲子主之其泄自止厥陰證加甘草以緩之少陰證裏急後重故加大黃又有太陰陽明二證當進退大承氣湯主之太

陰證不能食也當先補而後泄之乃進藥法也先煎厚朴半兩製水煎二三服後未有宿食不消又加枳實二錢同煎二三服泄又未已如稍進食尚有熱毒又加大黃三錢推過泄止住藥如泄未止為腸胃有久塵垢滑粘加芒硝半合宿垢去盡則愈也陽明證能食是也當先泄而後補謂退藥法也先用大承氣湯五錢水煎服如利過泄未止去芒硝後稍熱退減大黃一半再煎兩服如熱氣雖已其人必腹滿又減去大黃與枳實厚朴湯又煎三兩服如腹滿退

泄亦自愈後服厚朴湯數服則已

癘風證

癘風者榮氣熱附其氣不淸鼻柱壞而色敗皮膚瘍潰風寒客於脈而不去故名癘風又曰脈風俗曰癩治法刺肌肉百日汗出百日凡二百日鬚眉生而止先樺皮散從少至多服五七日灸承漿穴七壯灸瘡愈再灸再愈三灸之後服二聖散泄熱祛血之風邪戒房室三年病愈

樺皮散　治肺臟風毒遍身瘡疥及癮疹瘙痒成瘡面上風刺粉刺

樺皮四兩燒灰　荊芥穗二兩　杏仁二兩去皮尖用水一椀於銀器內熬去水一半已來放令乾用　炙甘草半兩　枳殼四兩去穰用炭火燒欲灰於濕紙上令乾

右件除杏仁外餘藥爲末將杏仁另研與諸藥和勻磁合內放之每服三錢食後溫水調下

二聖散　治大風癘疾將皂角刺一二斤燒灰研細煎大黃半兩調下二錢早服樺皮散中煎升麻湯下瀉靑丸晚服二聖散此數等之藥皆爲緩疎泄血中之

風熱也

七聖丸　七宣丸　皆治風壅邪熱潤利大腸中風風癇癱風大便秘澁皆可服之

破傷風證

夫風者百病之始也淸淨則腠理閉拒雖有九之苛毒弗能爲害故破傷風者通於表裏分別陰陽同傷寒證治人知有發表不知有攻裏和解此汗下和三法也諸瘡不差榮衛虛肌肉不生瘡眼不合者風邪亦能外入於瘡爲破傷風之候諸瘡上灸及瘡着白痂

瘡口閉塞氣難通泄故陽熱易爲鬱結熱甚則生風也故表脈浮而無力太陽也在表宜汗脈長而有力陽明也在裏宜下脈浮而弦小者少陽也半在表半在裏宜和解若明此三法而治不中病者未之有也

羌活防風湯　治破傷風邪初傳在表

羌活　防風　川芎　藁本

當歸　芍藥　甘草各四兩　地榆

細辛各二兩

右㕮咀每服五錢水煎量緊慢加減用之熱則加大

黃三兩大便秘則加大黃一兩緩緩令過熱甚更加黃芩二兩

白朮防風湯若服前藥過有自汗者

白朮　黃耆各一兩　防風二兩

右㕮咀每服五七錢水煎

破傷風藏府秘小便赤用熱也百汗不休故知無寒也宜速下之先用芎黃湯三二服後用大芎黃湯下之

芎黃湯

川芎一兩　黃芩六錢　甘草二錢

右㕮咀水煎

大芎黃湯

川芎半兩　羌活　黃芩　大黃各一兩

右㕮咀水煎

羌活湯　治半在表半在裏

羌活　菊花　麻黃　川芎

白茯苓　防風　石膏　前胡

黃芩　蔓荊子　細辛　甘草

枳殼各一兩　薄荷　白芷各半兩

右㕮咀生薑同煎日三服

防風湯　治破傷風同傷寒表證未傳入裏宜急服此藥

防風　羌活　獨活　川芎各等分

蜈蚣散

右㕮咀水煎服後宜調蜈蚣散大效

蜈蚣一對　魚鰾半兩　左盤龍半兩炒烟盡用

右為細末用防風湯調下如前藥解表不已覺直轉

入裏當服左龍丸服之漸漸看大便硬軟加巴荳霜

左龍丸　治直視在裏者

左盤龍　白殭蠶炒　魚鰾各半兩　雄黃一錢研

右同為細末燒餅為丸桐子大每服十五丸溫酒下如裏證不已當於左龍丸內一半末加入巴荳霜半錢燒餅為丸桐子大同左龍丸一處每服加一丸漸加服至利為度若利後更服後藥若搐痓不已亦宜服後藥羌活湯也

羌活湯

羌活　獨活　地榆　防風各一兩

右㕮咀水煎如有熱加黃芩有涎加半夏若病日久氣血漸虛邪氣入胃全氣養血爲度

養血當歸地黃湯

當歸　地黃　芍藥　川芎

藁本　防風　白芷各一兩　細辛半兩

右爲麁末水煎服

頭風證

肝經風盛木自搖動梳頭有雪皮乃肺之證也謂肺主

皮毛實則泄靑丸主之虛則消風散主之

雷頭風證

夫雷頭風者震卦主之諸藥不效爲與證不相對也

升麻　蒼朮各一兩　荷葉全一箇

右爲細末每服半兩水煎或燒荷葉一箇研細用前藥調服亦可

胎產證

婦人童幼至天癸未行之間皆屬少陰天癸既行皆從厥陰論之天癸已絕乃屬太陰經也治胎產之病從

厥陰經無犯胃氣及上二焦謂之三禁不可汗不可下不可利小便發汗者同傷寒下早之證利大便則脈數而已動於脾利小便則內亡津液胃中枯燥製藥之法能不犯三禁則榮衛自和而寒熱止矣如發渴則白虎氣弱則黃耆血刺痛而和以當歸腹中疼而加之芍藥大抵產病天行從增損柴胡雜證從增損四物宜詳察脈證而用之

產前寒熱小柴胡湯中去半夏謂之黃龍湯

二黃散　治婦人有孕胎漏

生地黃　熟地黃各等分

右為細末煎白朮枳殼湯調下

半夏湯　治胎衣不下或子死腹中或子衝上而昏悶或血暴下及胎乾不能產者

半夏麴一兩半　肉桂七錢半　桃仁三十箇微炒去皮尖

大黃半兩

右為細末先服四物湯三兩服次服半夏湯生薑同煎

增損柴胡湯　治產後經水適斷感於異證手足搐搦

咬牙昏冒繫屬上焦

柴胡八錢　黃芩四錢半　人參三錢　甘草炒

石膏各四錢　知母二錢　黃耆半兩　半夏三錢

右爲麄末每服半兩生薑棗同煎

秦艽湯　前證已去次服此以去其風邪

秦艽八錢　芍藥半兩　柴胡八錢　防風

黃芩各四錢半　人參　半夏各三錢　炙甘草四錢

右爲麄末水煎

荆芥散二三日後經水復行前證俱退宜此

小柴胡湯一料加荆芥穗五錢枳殼麩炒去穰半兩

右爲麄末同小柴胡煎法

防風湯三二日後宜正脾胃之氣兼除風邪

蒼朮四兩　防風三兩　當歸一兩　羌活一兩半

右爲麄末水煎

三分散　治産後日久虛勞鍼灸小藥俱不效者

川芎　熟地黃　當歸　芍藥

白朮　茯苓　黃耆各一兩　柴胡

人參各一兩六錢　黃芩　半夏　甘草各六錢

右為麄末水煎服清

血風湯　治產諸風痿攣無力

秦艽　羌活　防風　白芷

川芎　芍藥　當歸　地黃

白朮　茯苓各等分　加半夏　黃耆

右為細末一半為丸煉蜜如桐子大一半為散溫酒調下丸藥五七十丸

治血運血結或聚於胸中或偏於少腹或運於脇肋四物湯四兩倍當歸川芎鬼箭紅花玄胡各一兩同為麄末如四物煎服清調

沒藥散服之

虻虫去羽足一錢微炒　水蛭二錢炒　麝香少許　沒藥一錢

右為細末煎前藥調服血下痛止只服前藥

加減四物湯　治產後頭痛血虛氣弱痰癖寒厥皆令頭痛

羌活　川芎　防風　香附子炒各一兩

細辛一兩半　炙甘草　當歸各半兩　石膏二兩半

熟地黃一兩　香白芷一兩半　蒼朮一兩六錢去皮

右爲麄末每服一兩水煎　如有汗者是氣弱頭痛也前方中加芍藥三兩桂一兩半生薑煎　如頭痛痰癖者加半夏三兩茯苓一兩半生薑煎　如熱厥頭痛加白芷三兩石膏三兩知母一兩半　如寒厥頭痛加天麻三兩附子一兩半生薑煎

四物湯　治諸變證方已載元戎方中

紅花散　治婦人產後血昏血崩月事不調遠年乾血氣皆治之

乾荷葉　牡丹皮　當歸　紅花

蒲黃炒各等分

右爲細末每服半兩酒煎和滓温服　如胎衣不下別末楡白皮煎湯調下半兩立效

當歸散　治婦人惡物不下

當歸　芫花炒

右爲細末酒調下三錢　又一方好墨醋淬末之小便酒調下

治胎衣不下蛇退皮炒焦細末酒調下如胎衣在腹另碾楡白皮末同煎服立下

生地黃散　諸見血無寒衄血下血吐血溺血皆屬於熱

生地黃　熟地黃　枸杞子　地骨皮

天門冬　黃耆　芍藥　甘草

黃芩 各等分

右爲麄末每服一兩水煎脈微身涼惡風每一兩加桂半錢

麥門冬飲子　治衄血不止

麥門冬　生地黃 各等分

右剉每服一兩水煎　又衄血先朱砂蛤粉　次木香黃連　大便結下之大黃芒硝甘草生地黃溏軟梔子黃芩黃連可選而用之

帶下證

赤者熱入小腸白者熱入大腸其本濕熱寃結于脈不散故爲赤白帶下也寃屈也結也屈滯而病熱不散先以十棗湯下之後服苦練丸大玄胡散調下之熱去濕除病自愈也　月事不來先服降心火之劑後服局方中五補丸後以衛生湯治脾養血氣可也

苦練丸　治赤白帶下

苦楝碎酒浸　茴香炒　當歸各等分

右爲細末酒糊丸如桐子大每服五十丸空心酒下

衛生湯

白芍藥　當歸各二兩　黃耆三兩　甘草一兩

右爲麄末水煎空心服　如虛者加人參一兩

大頭風證

夫大頭風證者是陽明邪熱太甚資實少陽相火而爲之也多在少陽或在陽明或在太陽視其腫勢在何部分隨經取之濕熱爲腫木盛爲痛此邪見於頭多

在耳前後先出治之大不宜藥速速則過其病所謂上熱未除中寒復生必傷人命此疖是自外而之內者是血病況頭部分受邪見於無形迹之部當先緩而後急先緩者謂邪氣在上著無形之部分既著無形無所不至若用重劑速下過其病難已雖無緩藥若急服之或食前或頓服皆失緩體則藥不能得除病當徐徐浸漬無形之邪也或藥性味形體據象皆要不離緩體是也　且後急者謂緩劑已瀉邪氣入於中是到陰部染於有形質之所若不速去則損陰

也此終治却爲客邪當急去之是治容以急也　且治主當緩者謂陽邪在上陰邪在下若急治之不能解紛而益亂也　治客以急者謂陽分受陰邪陰分受陽邪此客氣急除去之也

假令少陽陽明爲病少陽爲邪出於耳前後也陽明爲邪者首大腫也先以黄芩黄連甘草湯通炒過剉煎少少不住服或劑畢再用煨蒸粘子新瓦上炒香同大黄煎成去滓內芒硝俱各等分亦時時呷之無令飲食在前得微利及邪氣已只服前藥如不已再同前次第服之取大便利邪氣則止　如陽明渴者加石膏　如少陽渴者加瓜蔞根陽明行經升麻芍藥葛根甘草　太陽行經羌活防風之類

黑白散　治大頭風如神方在後家珍內

消毒丸在寶鑑內附

瘧證

夏傷於暑秋必病瘧蓋傷之淺者近而暴傷之重者遠而痎瘧痎瘧者久瘧也是知夏傷於暑濕熱閉藏而不能發泄于外邪氣內行至秋而發爲瘧也何經受之

隨其動而取之有中三陽者有中三陰者經中邪氣其證各殊同傷寒治之也五藏皆有瘧其治各異在太陽經謂之風瘧治多汗之在陽明經謂之熱瘧治多下之在少陽經謂之風熱瘧治多和之在陰經則不分三經總謂之濕瘧當從太陰經論之

桂枝羌活湯　治瘧疾處暑前發頭痛項强脈浮惡寒有汗

桂枝　羌活　防風　甘草各半兩

右爲麄末水煎　如吐者加半夏麴等分

麻黃羌活湯　治瘧病頭痛項强脈浮惡風無汗者

麻黃去節　羌活　防風　甘草各半兩

右爲麄末水煎　如吐者加半夏麴等分

麻黃桂枝湯　治發瘧如前證而夜發者

麻黃一兩去節　炙甘草三錢　黃芩半兩　桂枝二錢

桃仁三十箇去皮尖

右爲末水煎桃仁散血緩肝夜發乃陰經有邪此湯散血中風寒也

桂枝黃芩湯　治瘧服藥寒熱轉甚者知太陽陽明少

陽三陽合病也宜此和之

甘草　黃芩　人參各四錢半　半夏四錢

柴胡一兩二錢　石膏　知母各半兩　桂枝二錢

右爲麄末水煎　從卯至午時發者宜大柴胡湯下之　從午至酉發者知其邪氣在內也宜大承氣湯下之　從酉至子時發者或至寅時者知其邪氣在血也宜桃仁承氣湯下之微利後更以小柴胡湯制其邪氣可也

熱證

有表而熱者謂之表熱無表而熱者謂之裏熱有暴發而爲熱者乃久不宣通而致也有服温藥而爲熱者有惡寒戰慄而熱者蓋諸熱之屬心火之象也治法小熱之氣凉以和之大熱之氣寒以取之甚熱之氣則汗發之發之不盡則逆制之制之不盡求其屬以衰之苦者以治五藏五藏屬陰而居於內辛者以治六府六府屬陽而在於外故內者下之外者發之又宜養血益陰其熱自愈

地黃丸方在前發明內附

如煩渴發熱虛煩蒸病空心服地黃丸食後服防風當
歸飲子

柴胡　人參　黃芩　甘草各一兩
滑石三兩　大黃　當歸　芍藥
防風各半兩

右爲麄末生薑同煎　如痰實欬嗽加半夏

金花丸　治大便黃米穀完出驚悸溺血淋閉欬血衄
血自汗頭痛積熱肺痿

黃連　黃蘗　黃芩
山梔子仁各一兩

右爲細末滴水爲丸桐子大溫水下　如大便結實
加大黃自利不用大黃　如中外有熱者作散剉服
名解毒湯　如腹滿嘔吐欲作利者解毒湯內加半
夏茯苓厚朴各三錢生薑同煎　如白膿下痢後重
者加大黃三錢

涼膈散方在難知內附　加減于後

若咽嗌不利腫痛并涎嗽者加桔梗一兩荆芥穗半
兩　若欬而嘔者加半夏半兩生薑煎　若鼻衄嘔

血者加當歸芍藥生地黃各半兩　若淋閟者加滑石四兩茯苓一兩

不避親疎

當歸承氣湯　治熱攻於上不利於下陽狂奔走罵詈

大黃　當歸各一兩　甘草半兩　芒硝九錢

右㕮咀生薑棗同煎

大黃膏　治熱入血室發狂不認人者

牛黃二錢半　硃砂　鬱金　丹皮各三錢

腦子　甘草各一錢

右為細末煉蜜為丸如皂子大新水化下

治表惡熱寒而渴陽明證白虎湯也　若膚如火燎而熱以手取之不甚熱為肺熱也目睛赤煩燥或引飲獨黃芩一味主之　若兩脇下肌熱脈浮弦者柴胡飲子主之　若脇肋熱或一身盡熱者或日晡肌熱者皆為血熱也四順飲子主之　若夜發熱主行陰乃血熱也四順飲子桃仁承氣選而用之　若晝則明了夜則譫語四順飲子證　若發熱雖無脇熱亦為柴胡證　晝則行陽二十五度氣藥也大抵宜柴

胡飲子　夜則行陰二十五度血藥也大抵宜四順
飲子
眼證
眼之爲病在府則爲表當除風散熱在藏則爲裏宜養血安神暴發者爲表而易治久病者在裏而難愈除風散熱者瀉青丸主之養血安神者定志丸婦人則熟乾地黃丸主之
治艮暴赤暴腫散熱飲子
防風　羌活　黃芩　黃連各一兩

右㕮咀水煎食後溫服　如大便秘澁加大黃一兩　如痛甚者加當歸地黃各一兩　如煩燥不得眠睡加梔子一兩
地黃湯　治眼久病昏澁因發而久不愈者
防風　羌活　黃芩　黃連
地黃　當歸　人參　茯苓各等分
右爲麄末水煎
四物龍膽湯　治目暴發方在元戎四物湯條下附
點眼藥則有蟾光膏方在後冊雜方內附

洗眼藥則有夜光膏方在寶鑑內附　噙藥在後雜方內附

消渴證

消渴之疾三焦受病也有上消有消中有消腎上消者肺也多飲水而少食大便如常小便清利知其燥在上焦也治宜流濕以潤其燥

消中者胃也渴而飲食多小便赤黃熱能消穀知其熱在中焦也宜下之

消腎者初發爲膏淋謂淋下如膏油之狀至病成而面色黧黑形瘦而耳焦小便濁而有脂液治法宜養

血以肅清分其清濁而自愈也

黃連膏

黃連末一觔生地黃自然汁白蓮花藕汁牛乳汁各一觔

右將汁熬成膏子劑黃連末爲丸桐子大每服三十丸少呷温水送下日進十服渴病立止

八味丸　治消腎方在發明內附

腫脹證

五臟六腑皆有脹經云平治權衡去菀陳剉開鬼門潔

淨府平治權衡者察脈之浮沉也去菀陳剉者疎滌腸胃也開鬼門者發汗也潔淨府者利小便也蟲脹之病治以雞屎醴酒調服水脹之病當開鬼門洪潔淨府也

治水腫螻蛄去頭尾與葡萄心同研露七日曝乾爲末淡酒調下暑月用佳

又方棗一㪷鍋內入水上有四指深用大戟并根苗蓋之遍盆合之煮熟爲度去大戟不用旋旋喫無時盡棗決愈神效

瘡瘍證

瘡瘍者火之屬須分內外以治其本若其脈沉實當先疎其內以絕其源也其脈浮大當先托裏恐邪氣入內也有內外之中者邪氣至盛遏絕經絡故發癰腫此因失托裏及失疎通又失和榮衛也治瘡之大要須明托裏疎通行榮衛之三法內之外者其脈沉實發熱煩燥外無焮赤痛深於內其邪氣深矣故先疎通臟腑以絕其源外之內者其脈浮數焮腫在外形證外顯恐邪氣極而內行故先托裏也內外之中者

外無焮惡之氣內亦臟腑宣通知其在經當和榮衛也用此三法之後雖未差必無變證亦可使邪氣峻減而易痊愈

內疎黃連湯　治嘔噦心逆發熱而煩脈沉而實腫硬木悶而皮肉不變色根繫深大病遠在內臟腑秘澁當急疎利之

黃連　山梔子　芍藥　當歸

檳榔　木香　薄荷　連翹

黃芩　桔梗　甘草各一兩

右爲末水煎先喫一二服次後加大黃一錢再服加二錢以利爲度　如有熱證止服黃連湯大便秘澁則加大黃　如覺無熱證及後藥復煎散時時服之如無熱證及大便不秘澁止服復煎散稍有熱證却服黃連湯秘則加大黃如此內外皆通榮衛和調則經絡自不遏絕矣

內托復煎散　治腫焮於外根槃不深形證在表其脈多浮痛在皮肉邪氣盛而必侵於內須急內托以救其裏也

地骨皮　黃耆　防風　芍藥

黃芩　白朮　茯苓　人參

甘草　當歸　防巳各一兩

柳桂淡味加半兩

右㕮咀先煎蒼朮一觔用水五升煎至三升去蒼朮滓入前藥十二味再煎至三四盞絞取清汁作三四服終日服之又煎蒼朮滓為湯去滓再依前煎十二味藥滓服之此除濕散鬱熱使胃氣和平如或未已再作半料服之若大便秘及煩熱少服黃連湯如微利煩熱已退却服復煎散半料如此使榮衛俱行邪氣不能自侵也

當歸黃耆湯　治瘡瘍臟腑已行如痛不可忍者

當歸　黃耆　地黃　川芎

地骨皮　芍藥各等分

右㕮咀水煎　如發熱加黃芩　如煩躁不能睡臥者加梔子　如嘔則是濕氣侵胃倍加白朮

內消升麻湯　治血氣壯實若患癰疽大小便不通

升麻　大黃各二兩　黃芩一兩半　枳實麩炒

當歸　芍藥各一兩半　炙甘草一兩

右㕮咀水煎食前服

復元通氣散　治諸氣澀耳聾腹癰便癰瘡疽無頭止痛消腫

青皮　陳皮各四兩　甘草三兩生熟各半　川山甲炮

栝蔞根各二兩　加金銀花　連翹各一兩

右爲細末熱酒調下

五香湯　治毒氣入腹托裏若有異證於內加減

丁香　木香　沉香　乳香

麝香三錢

右爲細末水煎空心服　嘔者去麝加藿香葉一兩

渴者加人參一兩

赤芍藥散　治一切疔瘡癰疽初覺增寒疼痛

金銀花　赤芍藥各半兩　大黃七錢半　瓜蔞大者一枚

當歸　甘草　枳實各三錢

右爲麄末水酒各半煎

桃紅散　斂瘡生肌定血辟風邪

滑石四兩　乳香　輕粉各二錢　小荳粉一錢

寒水石燒三兩 一方改小荳粉爲定粉一兩

右爲極細末乾貼

冰霜散 治火燒皮爛大痛

寒水石生 牡蠣燒 朴硝 青黛各一兩

輕粉一錢

右爲細末新水或油調塗立止

乳香散 治杖瘡神效

乳香 沒藥各三錢 自然銅半兩火燒醋淬十遍

茴香四錢 當歸半兩

右爲細末每服半兩温酒調下

五黃散 治杖瘡定痛

黃丹 黃連 黃芩 黃蘗

大黃 乳香各等分

右爲細末新水調成膏用緋絹帛上攤貼

花蘂石散 治一切金瘡猫狗咬傷婦人敗血惡血奔心血運胎死胎衣不下至死者以童便調下一錢取下惡物神效

硫黃明淨者四兩 花蘂石一觔

右二味拌匀用紙筋和膠泥固濟瓦罐子一箇入藥內蜜泥封口了焙乾安在四方塼上搏上書八卦五行字用炭一秤圍燒自巳午時從下生火直至經宿火盡又經宿罐冷取研極細磁盒內盛用

截疳散　治年深疳瘻瘡

黄連半兩　白歛　白芨　黄丹各一兩

輕粉一錢　龍腦　麝香各五分另研　蜜陀僧一兩

右爲細末和匀乾糝或紙上以膏貼之

生肌散

寒水石剉　滑石各一兩　烏魚骨　龍骨

定粉　蜜佗僧　白礬灰　乾胭脂各半兩

右爲極細末乾糝用之

平肌散　治諸瘡久不斂

蜜佗僧　花蘂石二物同煅赤　白龍骨各一兩

乳香另研　輕粉各一錢　黄丹　黄連各半錢

右爲極細末和匀乾摻

碧霞挺子　治惡瘡透了不覺疼痛者

銅綠一兩　硇砂二錢　蟾酥一錢

右爲細末燒飯和作麥糵挺子每用刺不覺痛者須
刺血出方絍藥在內以膏貼之

用藥加減

如發背疔腫膿潰前後虛而頭痛於托裏藥內加五味子　恍惚不寧加人參茯神　虛而發熱者加地黃栝蔞根　潮熱者加柴胡地骨皮　渴不止者加知母赤小荳　虛煩者加枸杞天門冬　自利者加厚樸　膿多者加當歸川芎　痛甚者加芍藥乳香　肌肉遲生者加白歛官桂　有風邪者加獨活防風

心驚悸者加丹砂　口目瞤動者加羌活細辛　嘔逆者加丁香藿香葉　痰多者加半夏陳皮

廻瘡金銀花散　治瘡瘍痛甚則色變紫黑者

金銀花連枝葉剉二兩　黃芪四兩　甘草一兩

右㕮咀用酒一升同入壺瓶內閉口重湯內煮三兩時辰取出去滓頓服之

雄黃散　治瘡有惡肉不能去者

雄黃研一錢　巴豆不去皮研一箇去皮五分

右二味再同研如泥入乳香沒藥各少許再研勻細

少上惡肉自去矣

瘰癧證

夫瘰癧者結核是也或在耳後或在耳前或在耳下下連及頤頷或在頸下連缺盆皆謂之瘰癧或在胷及胷之側或在兩脇皆謂之馬刀手足少陽主之

治結核前後耳有之或耳下頷下有之皆瘰癧也桑椹二㪷極熟黑色者以布裂取自然汁不犯銅鐵以文武火慢熬作薄膏子每日白沸湯點一匙食後日三服

連翹湯　治馬刀

連翹　瞿麥花各一斤　大黃三兩　甘草二兩

右㕮咀水煎服後十餘日可於臨泣穴灸二七壯服五六十日方效在他經者又一方服大黃木通五兩知母一作貝母五兩雄黃七分檳榔半兩減甘草不用同前藥爲細末熟水調下三五錢服之

瞿麥飲子

連翹一斤　瞿麥穗半斤

右爲麤末水煎臨卧服此藥經效多不能速驗宜待

歲月之久除也

欬嗽證

欬謂無痰而有聲肺氣傷而不淸也嗽謂無聲而有痰脾濕動而爲痰也欬嗽是有痰而有聲蓋因傷於肺氣而欬動於脾濕因欬而爲嗽也治欬嗽者治痰爲先治痰者下氣爲上是以南星半夏勝其痰而能食者大承氣湯微下之痰而不能食者厚朴湯治之夏月嗽而發熱者謂之熱痰嗽小柴胡湯四兩加石膏一兩知母半兩用之冬月嗽而寒熱者謂之寒嗽小靑龍加杏仁服之蜜煎生薑湯蜜煎橘皮湯燒生薑胡桃皆治無痰而嗽者此乃大例更當隨時隨證加減之

利膈丸方在寶鑑內附

欬氣丸　治久嗽痰喘肺氣浮腫

郁李仁　靑皮去白　陳皮去白　檳榔

木香　杏仁去皮尖　馬兜苓炒　人參

廣茂　當歸　澤瀉　茯苓

苦葶藶炒各二錢　防已半兩　牽牛取頭末一兩半

右爲細末生薑汁麵糊爲丸桐子大生薑湯下

治欬嗽諸方在家珍內并寶鑑內者更宜選而用之

虛損證

虛損之疾寒熱因虛而感也感寒則損陽陽虛則陰盛故損則自上而下治之宜以辛甘淡過於胃則不可治也感熱則損陰陰虛則陽盛故損則自下而上治之宜以苦酸鹹過於脾則不可治也自上而損者一損損於肺故皮聚而毛落二損損於心故血脈虛弱不能榮於臟腑婦人則月水不通三損損於胃故飲

食不爲肌膚也自下而損者一損損於腎故骨痿不能起於牀二損損於肝故筋緩不能自收持三損損於脾故飲食不能消尅也故心肺損則色弊肝腎損則形痿脾胃損則穀不化也

治肺損皮聚而毛落宜益氣四君子湯方在前雜知內附

治心肺虛損皮聚而毛落血脈虛損婦人月水愆期宜益氣和血八物湯方在前元戎內附

治心肺損及胃損飲食不爲肌膚宜益氣和血調飲食十全散方在前元戎內附

治腎肝損骨痿不能起於牀宜益精筋緩不能自收持
宜緩中

牛膝丸

牛膝酒浸　萆薢　杜仲剉炒　蓯蓉酒浸
兎絲子　防風　葫蘆巴炒　肉桂減半
破故紙　沙苑白蒺藜

右等分爲細末酒煮猪腰子爲丸每服五七十丸空心温酒下如腰痛不起者服之甚效

治陽盛陰虛肝腎不足房室虛損形瘦無力面多青黃而無常色宜榮血養腎

地黃丸

蒼朮一斤泔浸　熟地黃一斤　乾薑春七錢夏半兩秋七錢冬一兩

右爲細末蒸棗肉爲丸桐子大每服五七十丸至百丸諸飲下若加五味子爲腎氣丸述類象形神品藥也　如陽盛陰虛心肺不足及男子婦人面無血色食少嗜臥肢體困倦宜八味丸方在元戎內附　如形體瘦弱無力多困未知陰陽先損夏月宜地黃丸春秋宜腎氣丸冬月宜八味丸

治病久虛弱厭厭不能食和中丸前在前脾胃論中

吐證

吐證有三氣積寒也皆從三焦論之上焦在胃口上通於天氣主內而不出中焦在中脘上通天氣下通地氣主腐熟水穀下焦在臍下通於地氣主出而不納是故上焦吐者皆從於氣氣者天之陽也其脈浮而洪其證食已暴吐渴欲飲水大便結燥氣上衝而胷發痛其治當降氣和中中焦吐者皆從於積有陰有陽食與氣相假為積而痛其脈浮而弦其證或先痛

而後吐或先吐而後痛治法當以小毒藥去其積檳榔木香和其氣下焦吐者從於寒地道也其脈沉而遲其證朝食暮吐暮食朝吐小便清利大便秘而不通治法當以毒藥通其秘塞溫其寒氣大便漸通復以中焦藥和之不令大便秘結而自愈也

治上焦氣熱上衝食已暴吐脈浮而洪宜先和中

桔梗湯

桔梗　白朮各一兩半　半夏二兩　陳皮去白

白茯苓　枳實麩炒　厚樸薑製炒香各一兩

右㕮咀水煎取清調木香散二錢隔夜空腹服之後氣漸下吐漸止然後去木香散加芍藥二兩黃耆一兩半每一料中扣算加之　如大便燥結食不盡下以大承氣湯去硝微下之少利再服前藥補之　如大便復結依前再微下之

木香散

木香　檳榔各等分

右為細末前藥調服

厚樸丸主翻胃吐逆飲食噎塞氣上衝心腹中諸疾其藥味即與萬病紫苑丸同方在元戎方內附　其加減于後

春夏再加黃連二兩　秋冬再加厚樸二兩　如治風於春秋所加黃連厚樸外更加菖蒲茯苓各一兩半　如治風癇不愈者依春秋加減外更加人參菖蒲茯苓各一兩半　如失精者加菖蒲白茯苓為輔　如肝之積加柴胡蜀椒為輔　如心之積加黃連人參為輔　如脾之積加吳茱萸乾薑為輔　如腎之積加菖蒲茯苓為輔　秋冬久瀉不止加黃連茯苓

心痛證

諸心痛者皆少陰厥陰氣上衝也有熱厥心痛者身熱足寒痛甚則煩燥而吐額自汗出知其熱也其脈浮大而洪當灸太谿及崑崙謂表裏俱瀉之是謂熱病汗不出引熱下行表汗通身而出者愈也灸畢服金鈴子散則愈痛止服枳朮丸去其餘邪也有大實心中痛者因氣而食卒然發痛大便或秘久而注悶心胷高起按之愈痛不能飲食急以煮黃丸利之利後以藁本湯去其邪也有寒厥心痛者手足逆而通身冷汗出便溺清利或大便利而不渴氣微力弱急以朮附湯温之寒厥暴痛非久病也朝發暮死急當救之是知久病無寒暴病非熱也

金鈴子散　治熱厥心痛或發或止久不愈者

金鈴子　玄胡索各一兩

右爲細末每服二三錢酒調下温湯亦得

治大實心痛二藥

厚樸丸同紫苑丸在元戎方內　煮黃丸方在陰證畧例內

治大實心痛大便已利宜藁本湯止其痛也

藁本半兩　蒼朮一兩

右爲麄末水煎服淸

治寒厥暴痛脈微氣弱宜朮附湯温之方在雲岐脈論內附

疝氣

男子七疝婦人瘕聚帶下皆任脈所主陰經也腎肝受病治法同歸於一

酒煮當歸丸

當歸剉　附子炮　苦練子剉　茴香各一兩

丁香　木香各二錢　全蝎二十二箇　玄胡索二兩

右剉以酒三升同煮酒盡爲度焙乾作細末入

右同爲細末與前藥一處拌勻酒糊爲丸每服三五十丸至百丸空心温酒下凡疝氣帶下皆屬於風全蝎治風之聖藥茴香苦練皆入小腸故以附子佐之丁香木香則導爲用也

治奔豚及小腹痛不可忍者苦練丸

苦練　茴香　黑附子

右用酒二升煮酒盡爲度曝乾或陰乾搗爲極細末每一兩藥末入

全蝎十八箇　玄胡索半兩　丁香十五箇

图书在版编目(CIP)数据

活法机要 /（元）朱震亨撰；（明）王肯堂辑. —北京：中国书店，2013.6
（中国书店藏版古籍丛刊）
ISBN 978-7-5149-0538-0

Ⅰ.①活… Ⅱ.①朱…②王… Ⅲ.①验方－汇编－中国－元代 Ⅳ.①R289.5

中国版本图书馆CIP数据核字（2012）第245067号

ISBN 978-7-5149-0538-0

中國書店藏版古籍叢刊
活法機要　一函一册
作者　元·朱震亨 撰　明·王肯堂 輯
出版發行　中國書店
地址　北京市西城區琉璃廠東街一一五號
郵編　一〇〇〇五〇
印刷　北京華藝齋古籍印務有限責任公司
版次　二〇一三年六月
書號　ISBN 978-7-5149-0538-0
定價　三八〇元